Este libro pertenece a:

This book belongs to: _ _ _ _ _ _ _ _ _ _ _ _ _ _

Basch, Adela, 1946-
Mi abuela habla español / Adela Basch ; traducción Michelle López Deksnys; ilustraciones María Margarita Reyes. -- Bogotá : Panamericana Editorial, 2007.
48 p. : il. ; 21 cm. -- (Colección bilingüe)
ISBN 978-958-30-2532-7
1. Español - Enseñanza preescolar 2. Inglés - Enseñanza preescolar 3. Palabras y frases – Inglés I. López Deksnys, Michelle, tr. II. Reyes, María Margarita, il. III. Tít. IV. Serie.
I372.21 cd 21 ed.
A111045
CEP-Banco de la República-Biblioteca Luis Ángel Arango

# Mi abuela habla español

# My Grandmother Speaks Spanish

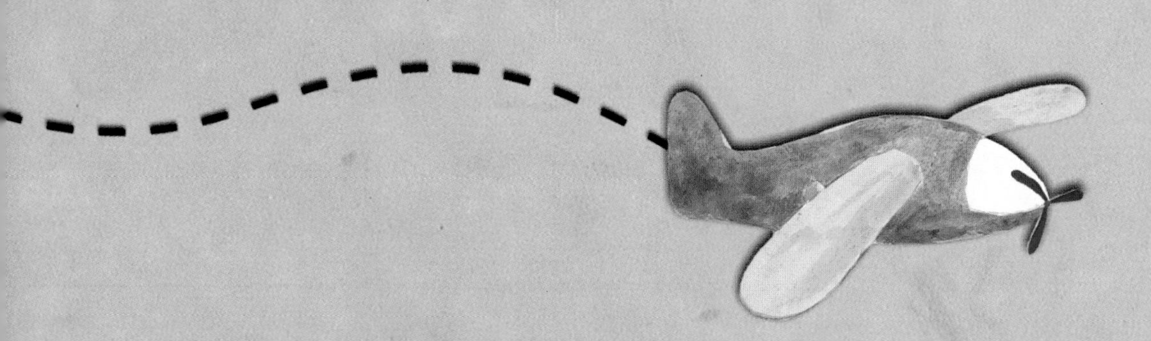

**Primera reimpresión,** septiembre de 2013
Primera edición, marzo de 2007
© Adela Basch
© Panamericana Editorial Ltda.
Calle 12 No. 34-30, Tel.: (57 1) 3649000
Fax: (57 1) 2373805
www.panamericanaeditorial.com
Bogotá D. C., Colombia

**Editor**
Panamericana Editorial Ltda.
**Traducción**
Michelle López Deksnys
**Ilustraciones**
María Margarita Reyes
**Diagramación y diseño de carátula**
Diego Martínez Celis

ISBN 978-958-30-2532-7

Prohibida su reproducción total o parcial
por cualquier medio sin permiso del Editor.

Impreso por Panamericana Formas e Impresos S. A.
Calle 65 No. 95-28, Tels.: (57 1) 4302110 - 4300355
Fax: (57 1) 2763008
Bogotá D. C., Colombia
Quien solo actúa como impresor.
Impreso en Colombia - *Printed in Colombia*

# Mi abuela habla español

# My Grandmother Speaks Spanish

Adela Basch

Ilustraciones
María Margarita Reyes

PANAMERICANA
EDITORIAL

Mi abuela Carmen habla español. Y yo hablo inglés.

My grandmother Carmen speaks Spanish and I speak English.

Pero Alan, mi hermanito, todavía no habla casi nada. Bueno, está aprendiendo a hablar.

*But Alan, my little brother, hardly talks.*
*Well, he's learning to talk.*

A mi abuela y a mí nos gusta mucho salir a pasear por el mundo y decirle a Alan cómo se llama lo que vemos.

My grandmother and I really enjoy taking walks through the world and telling Alan how we call the things that we see.

Un día salimos a dar un paseo y
lo primero que vimos fue algo azul.
No era el mar, ni era una flor,
ni era un libro. Era el cielo.

Mi abuela dijo **cielo** y yo dije **sky**.
Los tres lo miramos un rato.

One day we went for a walk and the first thing we saw was something blue. It was neither the sea, nor a flower, nor a book. It was the sky.

My grandmother said **cielo** and I said **sky**. The three of us looked for a while.

Y nos gustó
mucho ver en el
medio al sol redondo
y amarillo.

Mi abuela dijo **sol** y yo dije **sun**.
Y el sol brilló igual para los tres.

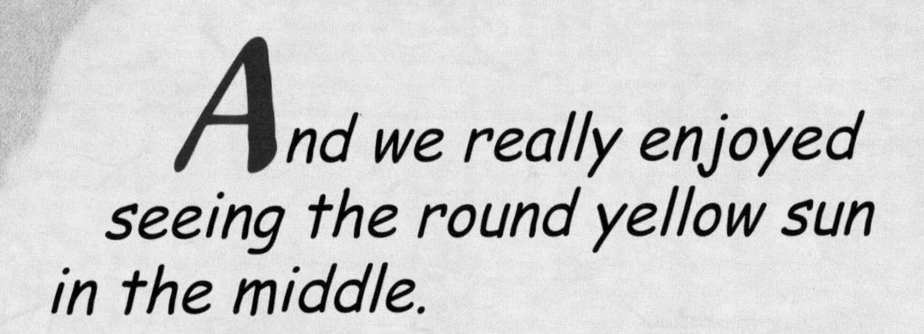

And we really enjoyed
seeing the round yellow sun
in the middle.

*My grandmother said **sol** and
I said **sun**. And the sun shone
the same for the three of us.*

De pronto vimos algo negro que tenía cuatro patas. No era una mesa, ni una silla, ni un caballo.

*All of a sudden, we saw something black that had four legs. It was neither a table, nor a chair, nor a horse.*

Era un perro. Mi abuela dijo **perro** y yo dije **dog**.

It was a dog. My grandmother said **perro** and said **dog**.

Después vimos algo gris que venía volando. No era un avión, ni un globo, ni una mariposa. Era un pájaro.

Mi abuela dijo **pájaro** y yo dije **bird**. Y el pájaro nos cantó igual a los tres.

Afterwards, we saw something gray flying. It was neither an airplane, nor a balloon, nor a butterfly. It was a bird.

My grandmother said **pájaro** and I said **bird**. And the bird sang the same to the three of us.

Seguimos caminando y vimos algo verde. No era una camisa, ni un pantalón, ni un sombrero. Eran las hojas de un árbol.

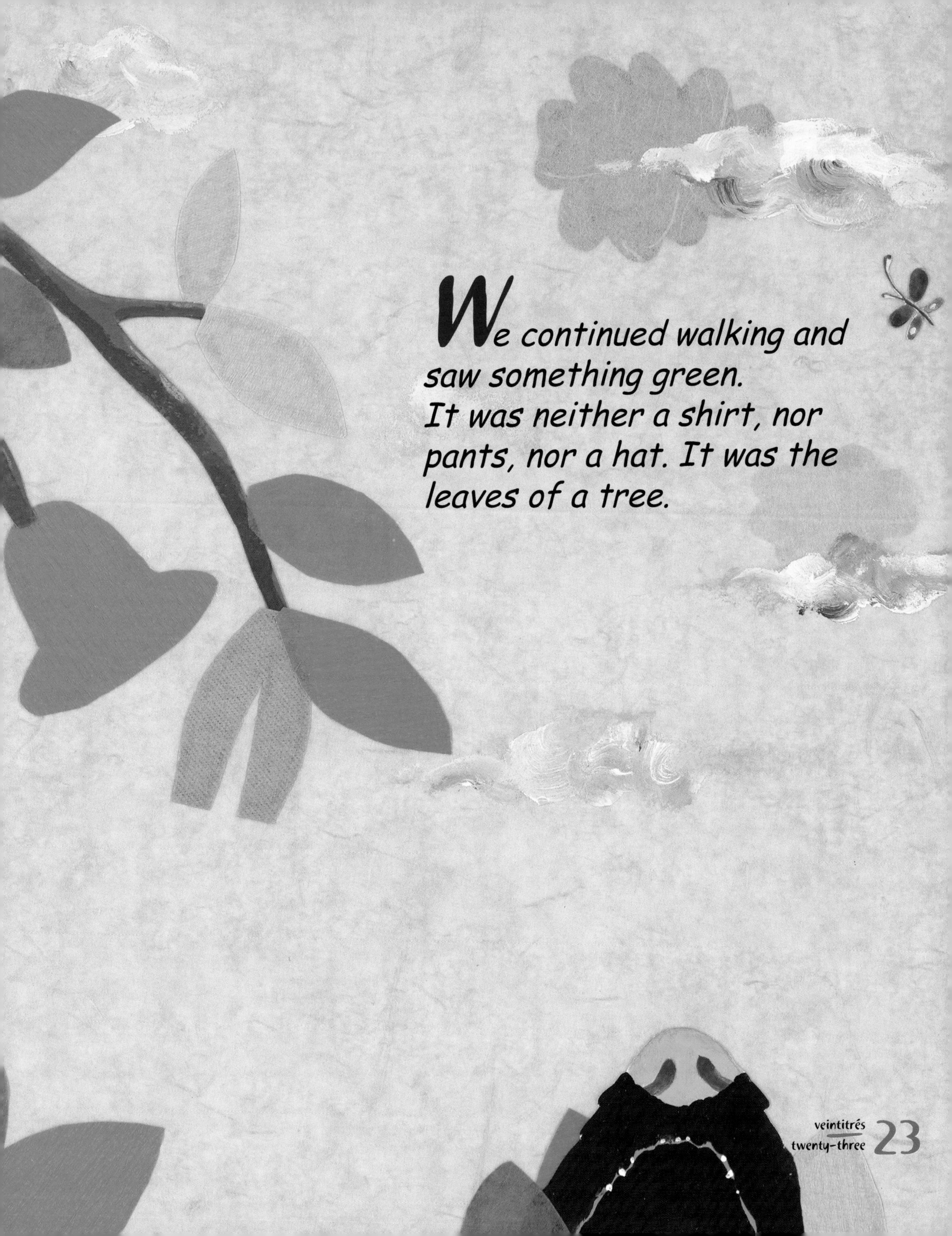

*We continued walking and saw something green. It was neither a shirt, nor pants, nor a hat. It was the leaves of a tree.*

Mi abuela dijo **árbol** y yo dije **tree**. Y el árbol nos dio sombra a los tres igual.

*My grandmother said **árbol** and I said **tree**. And the tree gave the three of us the same shade.*

Entonces apareció algo que no vimos,
pero que hacía mover las hojas del árbol.

Mi abuela dijo **viento** y yo dije **wind**.
Y el viento nos movió los cabellos a los tres igual.

*Then something appeared that we couldn't see, but that made the leaves of the tree move.*

*My grandmother said **viento** and I said **wind**. And the wind moved our hair in the same way for the three of us.*

Después el cielo se oscureció un poco
y algo empezó a caer. No eran plumas,
ni eran zapatos, ni era nieve.
Era lluvia.

Afterwards, the sky darkened a little and something started falling. It was neither feathers, nor shoes, nor snow. It was rain.

Mi abuela dijo **lluvia** y yo dije **rain**.
Y la lluvia nos mojó a los tres igual.

My grandmother said **lluvia** and I said **rain**. And the rain wet the three of us just the same.

Entonces mi abuela sacó algo rojo de su bolsa. No era una manzana, ni era lana, ni era un vestido. Era un paraguas.

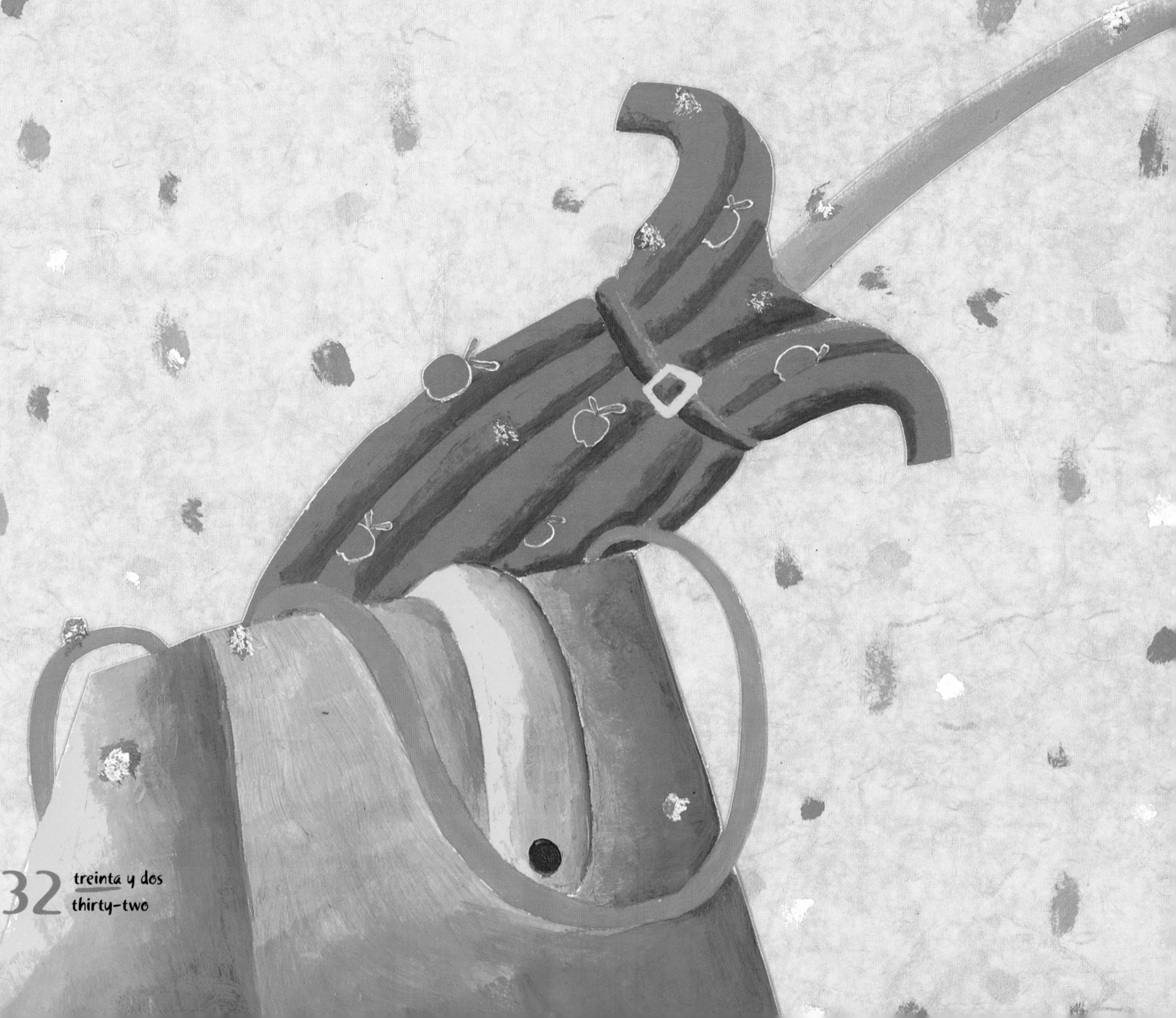

Then, my grandmother pulled out something red from her purse. It was neither an apple, nor wool, nor a dress. It was an umbrella.

Ella dijo **paraguas** y yo dije **umbrella**. Y el paraguas nos protegió de la lluvia a los tres igual.

She said **paraguas** and I said **umbrella**. And the umbrella protected us from the rain just the same.

Enseguida dejó de llover y volvió a salir el sol. Alan dijo **sol, sun.** Y el sol nos iluminó igual a los tres y nos secó las gotas de agua que teníamos en los cabellos, en la ropa y en los zapatos.

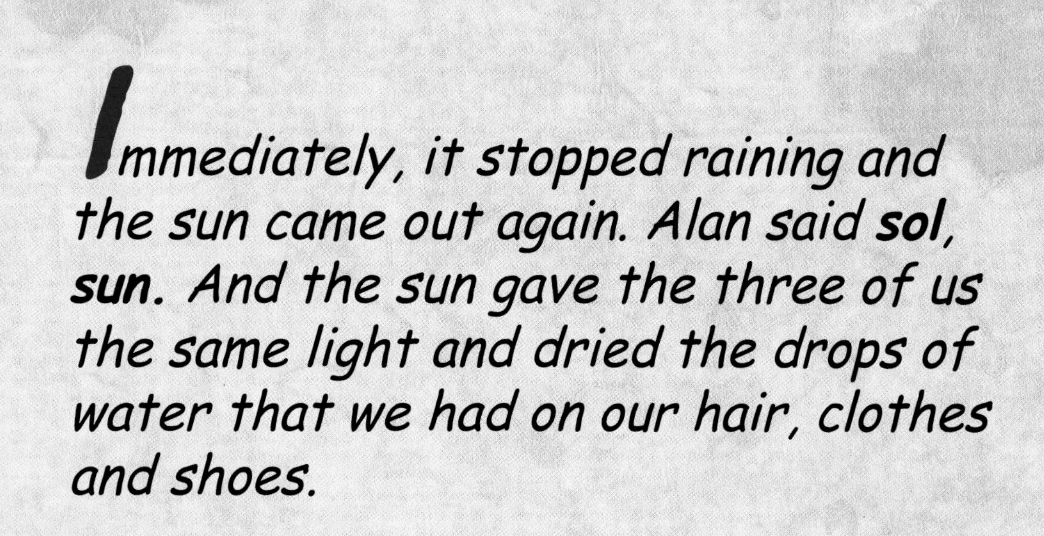

Immediately, it stopped raining and the sun came out again. Alan said **sol**, **sun**. And the sun gave the three of us the same light and dried the drops of water that we had on our hair, clothes and shoes.

Al rato el sol empezó a bajar y
el cielo se llenó de muchos colores.
Había rosa, violeta, naranja y púrpura.
Y todos brillaron para los tres igual.

Shortly after, the sun started to go down and the sky filled up with many colors. There was pink, violet, orange and purple. And all shone the same for the three of us.

Entonces tomamos un camino.
Mi abuela dijo **camino** y yo dije **path**.
Y el camino nos llevó a casa a los tres igual.

Then we chose a path. My grandmother said **camino** and I said **path**. And the path took the three of us home just the same.

Y cuando entramos a casa buscamos unas hojas de papel blanco y un lápiz cada uno. Mi abuela dijo **lápiz** y yo dije **pencil**. Y cada uno hizo algo diferente con su lápiz.

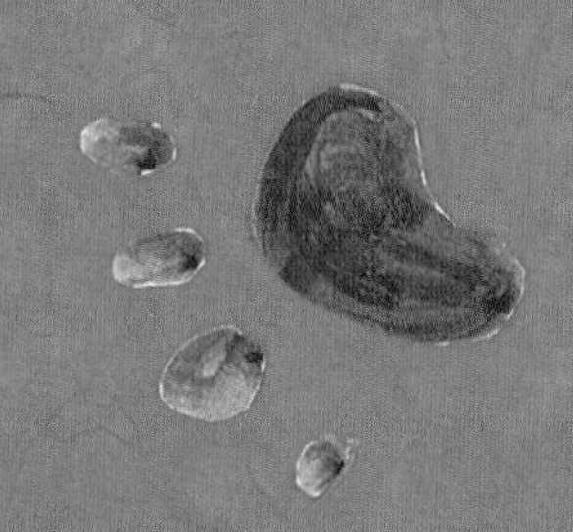

And when we entered the house, we looked for some sheets of white paper and a pencil for each one of us. My grandmother said **lápiz** and I said **pencil**. And each one of us made something different with the pencils.

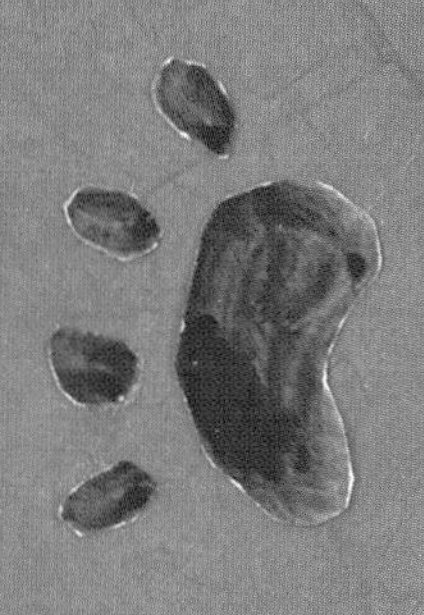

Mi abuela Carmen escribió en español lo que habíamos visto paseando por el mundo. Yo, Laura, lo escribí en inglés. Mi hermano Alan hizo los dibujos.

My grandmother Carmen wrote in Spanish what we had seen walking through the world. I, Laura, wrote in English. My brother Alan made the drawings.

Y así entre los tres hicimos este libro.

And that is how, the three of us, made this book.

# Fin
# The End

**Adela Basch** nació un 23 de noviembre en Buenos Aires. Es profesora en Letras egresada de la Facultad de Filosofía y Letras de la Universidad de Buenos Aires. Es dramaturga, cuentista y poeta. Su literatura explora, desde el plano humorístico, los diferentes modos de abordar el lenguaje y de reflexionar sobre él. Es autora de más de sesenta libros para niños. Algunos de ellos son: Abran cancha, que aquí viene Don Quijote de La Mancha; Colón agarra viaje a toda costa; ¿Quién me quita lo talado?; Saber de las galaxias y otros cuentos; Una luna junto a la laguna; Había una vez un libro; Llegar a Marte; ¡Que sea La Odisea!; Un nombre que asombre; ¿Qué es esto gigantesco?; Había una vez un lápiz; San Francisco para jóvenes principiantes; Que la calle no calle; Crecí hasta volver a ser pequeña; La abeja que no era ni joven ni vieja y Saltando por el bosque. Sus textos han sido premiados y distinguidos en numerosas ocasiones.

***Adela Basch** was born on November 23rd in Buenos Aires. She is a Literature Professor graduated of the Faculty of Philosophy and Literature of the University of Buenos Aires. Besides, she is a dramatist, tale writer, and a poet. Her Literature explores, from the humoristic perspective, the different ways to approach the language and to reflect on it. She is author of more than sixty books for children. Some of them are:* Move away, here comes Don Quixote de la Mancha; Columbus makes his trip at all costs; ¿Who clears the destroyed things to me?; To know of the galaxies and other stories; A moon next to the lagoon; There was once a book; To arrive at Mars; May it be the Odyssey; A name that astonishes; What is this so gigantic?; There was once a pencil; San Francisco for rookie young people; May the street not be in silence; I grew until I become small again ; The bee that was neither young nor old, and Jumping by the forest. *Her books have been acclaimed and awarded in numerous occasions.*